AF343789

LES
PROVINCIALES

PAR

CALIBAN

III

PARIS

E. DENTU, LIBRAIRE-ÉDITEUR,

Palais-Royal, 17-19, galerie d'Orléans.

—

15 JUILLET 1871.

—

Questions du Temps.
Gambetta Député
Lettre à Mgr le Comte de Paris.
Un Souper de Rigault.
Un Gouvernement, s'il vous plaît.
Choses et autres.

—

LES PROVINCIALES

Ceci est un livre de bonne foi.
M.

I.

C'en est fait, Paris déraisonne
Il faut le mettre à Charenton,
Le Dictateur vient en personne
A la Chambre donner le ton.

Les électeurs de Belleville
De la Villette et de Pantin,
Ont offert les clefs de la ville
A Gambetta dit le Hutin.

L'Assemblée aura ses fluides
Qui s'annuleront tous les deux,
Les ardents et les gens placides...
On va se tirer les cheveux !

Quelle joie et quelle revanche !
C'est bataille de tout côté ;
Nous avons du pain sur la planche
Pour toute la saison d'été !

Dans cette cuisine oratoire
Nous tenons notre poule au pot ;
Le Cadurcien (1) marche à la gloire
Sans canons et sans chassepot !

Cet oiseau bleu de la défense,
Habile comme aux jours passés,
Va de nouveau doter la France
De bons discours bien insensés.

Si nous suivons sa politique,
(Je n'en mets pas ma main au feu !)
Nous fondons une république
Comme en Europe on en voit peu !

Nos préfectures en démences
Vont échoir on ne sait à qui,
Nous verrons sous peu nos finances
Danser la valse de Saint-Gui !

---

(1) Le dictateur est de Cahors. Or, les habitants de Cahors se nomment les Cadurciens, de Cadurci. Ceci soit dit pour ceux qui n'ont pas lu les *Commentaires* de Jules César.

Nous aurons toutes les fripouilles
En armes dans Paris désert,
Et pour nous garder les patrouilles
Des héros de la crosse en l'air !

Pour diplomates des sophistes,
Pour intendants des confiseurs,
Pour généraux des journalistes
Et pour juges des ramoneurs !

Nous aurons, moutons de Panurge,
Pour ministres des sapajous !
Et les Prussiens dont on nous purge
Avec nos pièces de cent sous !

II.

A MONSEIGNEUR LE COMTE DE PARIS.

Lorsqu'il y a plus de vingt ans, Monseigneur, votre grand-père, Louis-Philippe d'Orléans, se trouva rejeté par une tourmente imprévue de ce que j'appellerai le plus beau trône du monde, sur les côtes de notre implacable et hospitalière ennemie, la vieille Angleterre ;

Lorsque votre sainte mère vous eut emporté tout enfant loin du palais qui fut votre berceau, sur la terre d'exil ;

Quand vous fûtes obligé, vous sans reproche, de chercher un refuge dans cette île maudite qui vous a donné l'asile qu'elle ne dénie pas aux criminels incendiaires de ce Paris que vous avez eu tant de joie à revoir;

Ce que vous eûtes assurément de plus douloureux à supporter, ce fut la proscription injuste qui vous frappait et plaçait une barrière infranchissable entre vous et cette France que ses enfants ne quittent pas sans avoir au cœur une plaie qui ne se cicatrise jamais.

Si alors on vous eût offert, en échange de droits problématiques au trône de votre aïeul, le droit de retour dans ce Paris perdu, dans cette France qui vous était fermée peut-être pour toujours, quel eût été votre choix?

Ne peut-on pas répondre, sans crainte d'erreur, que vous eussiez été au moins flottant et incertain, et que la joie de revoir votre pays l'eût emporté sur le désir de conserver la perspective chimérique d'une couronne perdue dans les brumes de l'avenir.

Vous eussiez jugé sans doute qu'avant d'être prince, on est homme, et que le premier des malheurs est de perdre sa patrie.

Eût-elle été pour vous une marâtre qu'on se

prend à l'adorer le jour où elle nous est ravie.

Aujourd'hui le plus cher de vos vœux s'est réalisé.

Vous avez foulé le sol de la France, vous avez respiré l'air enivrant de votre capitale.

A la voix de l'homme illustre qui nous dirige vous avez vu rayer les lois de proscription qui vous frappaient.

Vous êtes maintenant libre comme l'oiseau dans l'air, il n'est pas de rivages qui vous soient interdits, toutes nos portes vous sont ouvertes.

Et ce n'est que justice.

Et maintenant, Monseigneur, que ferez-vous ?

Vous avez lu la lettre si grande, si touchante de Mgr le comte de Chambord.

Celui-là, c'est un preux des temps héroïques, vertueux comme la reine Blanche, inflexible comme l'épée de saint Louis, sincère, c'est une exception de nos jours, généreux, c'est une exception dans tous les âges.

C'est un noble homme et un noble cœur.

Il n'est personne qui n'ait pour lui de l'estime et de l'admiration, et ne salue avec respect cette royauté sacrée par le malheur, qui reprend le chemin de l'exil par amour pour sa patrie, comme Jésus par amour pour l'humanité a suivi le chemin douloureux du Calvaire.

Pour ma part, Monseigneur, je n'éprouve aucun embarras à l'avouer, je fais plus que l'admirer ;

Je l'aime !

Et cependant, je n'hésite pas à le déclarer :

Il attendra vainement que la France l'appelle au trône de ses aïeux.

Les lys sont défleuris.

Le drapeau blanc n'ondulera plus que dans les galeries historiques de Versailles.

Henri V ne règnera pas.

Et en voici la raison :

Sa restauration serait le signal de la guerre civile.

Il l'a bien compris.

Il est venu à Chambord, ce domaine si plein de ses aïeux. Dans l'air qu'il y a respiré, dans le murmure du vent dans les corridors déserts, le bruissement des feuilles des grands arbres, il a saisi la plainte de la France, qui demande la paix intérieure, et il a fait lè sacrifice de ses plus chères espérances.

Il est parti en nous laissant ses adieux.

Il peut revenir, Monseigneur, nous verrons

tous en lui la plus belle âme qui soit au monde.

Mais vous, je vous le demande respectueusement, que ferez-vous ?

Mieux que l'exilé de Froshdorff, vous représentez un régime populaire en France.

Lui, c'est le passé.

Sa lettre nous le rappelle, et il n'en était pas besoin. Ce passé est déjà relégué dans les arcanes de l'histoire.

Il n'est malheureusement que trop vrai, que bien des préjugés exploités avec une insigne mauvaise foi s'attachent à l'idée dont il est le représentant.

Au milieu de cet antagonisme d'opinions qui existe dans notre pays, à moins de vouloir rompre en visière avec ses adversaires et de ne vouloir entrer à aucun prix dans la voie des concessions, on ne peut proposer l'acceptation d'une royauté brisant avec toutes les théories modernes du suffrage universel, par son principe : Le Droit Divin.

Je ne me fais pas l'apologiste de ces théories.

Elle ne nous ont pas donné jusque-là, par leur application, des résultats bien glorieux et bien féconds.

Importation et base d'un régime passager tombé dans une de ces catastrophes presque sans exemple dans l'histoire des peuples, il n'est pas bien démontré qu'elles aient leur raison de subsister quand ce régime a disparu.

Quoi qu'il en soit, malgré leur imperfection, elles ont, pour ainsi dire, conquis droit de cité et se sont enracinées si profondément dans les esprits et dans les habitudes, qu'on ne pourra toucher au principe du suffrage universel, même pour l'améliorer, qu'avec les plus grandes précautions.

Il faut donc, pour obtenir la périlleuse mission de nous gouverner, accepter franchement la situation et consentir nettement à subir des conditions devenues régulières et systématiques en France.

Malgré la bonne foi du comte de Chambord, les électeurs se laisseront difficilement persuader qu'il admette ces concessions.

Seule la petite noblesse (je laisse de côté les grands noms de la France qui ne sont pas en butte à l'aversion qui l'atteint), celle qui n'a rien appris, parce que dans son inutile oisiveté, elle n'a rien su ni voulu faire, et qui n'a rien oublié, parce que vivant dans son isolement, en face de ses souvenirs, elle s'aigrit en songeant aux droits et priviléges qu'elle a perdus, la petite noblesse seule, dis-je, est le soutien de la vieille royauté, si dignement représentée aujourd'hui. Mais c'est là justement un désavantage et un danger pour le prétendant.

Cette petite noblesse rurale, autrefois désignée sous le titre de hobereaux, est si universellement détestée des anciens tenanciers et manants devenus propriétaires de plus ou moins large envergure, ces derniers redoutent tant, à tort assurément, la restauration de quelques priviléges du temps passé et le renouvellement de la suprématie du manoir sur la ferme du village, que jamais ils ne consentiraient à mettre dans l'urne un bulletin qui, de près ou de loin, leur rappelle cet épouvantail du temps passé.

Au point où nous en sommes et avec les idées libérales exprimées loyalement par Mgr le comte de Chambord, ce préjugé est sans doute insensé, mais il est plus solidement enraciné dans le cœur des habitants des campagnes que le chêne le plus robuste ne l'est dans la forêt de Fontainebleau, et il résistera plus longtemps que ne se prolongera l'existence du dernier rejeton de la branche aînée.

Quelque sympathie qu'il inspire donc, quelque déférence qu'il impose, il est à jamais rayé du nombre des souverains qui régneront de fait, et son trône restera imaginaire comme celui de Louis XVII, son prédécesseur médiat, comme on le dit dans les études de notaires.

Pour lui, tout est fini.

Peut-être l'a-t-il compris et sa lettre de juillet, empreinte d'une résignation digne et solennelle, s'est-elle inspirée d'un secret dépit et d'une sorte de désespérance.

Qui sait?

Quoi qu'il en soit, Monseigneur, vous restez seul debout en face du pays, soutenu par la popularité de vos oncles qui sont vos parrains dans la lice où vous entrez, et par le souvenir de la familiarité et de la sagesse du gouvernement de votre aïeul.

Vous paraissez l'espoir de tous les amis de l'ordre, de cette foule innombrable de Français qui, dépourvus d'ambition personnelle, n'ont en vue que le calme et la prospérité de la patrie, son organisation par le travail et l'industrie, sous quelque régime qu'elle se produise; et enfin, confessons-le, comme volonté dominante, le désir de vivre en paix, d'aller sans entraves où ils veulent, et, passez-moi la vulgarité de l'expression, de faire leurs affaires librement et en sécurité.

La lassitude des révolutions qui se succèdent depuis quatre-vingts ans, l'expérience qui démontre qu'elles vont en aggravant la situation qui nous est faite, la certitude que les suivantes n'auront pas un meilleur destin ont entraîné une foule sans nombre de partisans dans cette catégorie que l'on peut intituler : La ligue inconsciente des indifférents conservateurs.

Certes, il n'est pas douteux que si, unanimes dans l'expression de leur volonté et disciplinés pour le vote comme leurs adversaires de toutes les nuances, ils avaient à décider cette grave et solennelle affaire de la forme à donner au gouvernement du pays sur une alternative de cette nature : Que choisissez-vous ou de la République actuelle, ou de la Monarchie constitutionnelle avec la famille d'Orléans, rois ou présidents héréditaires ? il n'est pas douteux, dis-je, qu'ils ne répondissent affirmativement à cette dernière question.

Et voici pourquoi :

Pour les hommes de sens et d'ordre, la Monarchie constitutionnelle diffère peu de la Ré-

publique et les différences sont à son avantage.
Dans l'un comme dans l'autre cas, ce sont toujours les Chambres qui gouvernent et, sous la monarchie, le Chef du Pouvoir exécutif tient ses pouvoirs de l'hérédité et non de l'électeur, ce qui n'empêche pas qu'en tout état de cause, en cas d'incapacité ou d'abus de la puissance dont il n'est que le dépositaire, le pays libre dans son choix n'ait le droit de prononcer sa déchéance par un jugement sans appel.

On trouve donc dans cette forme de gouvernement un gage de durée et de suite qui manque essentiellement à la République, telle que nous la voyons sous nos yeux et dans nos prévisions.

Et puis, l'apathie du peuple français, du peuple des campagnes surtout, si difficile à déranger de ses occupations ordinaires et du soin de ses champs (ne nous en plaignons pas), y trouve son compte.

L'honnête homme sans prétention s'inquiète peu de tous ces changements de mains auxquelles le pouvoir passe. Au-dessus ou au-dessous, comme on voudra l'entendre, de ces préoccupations souvent stériles, il ne tient qu'à un seul point, on ne peut trop insister sur ce caractère de la nation, à vivre en paix et en bon citoyen : il paie tous les impôts dont on voudra le grever, à la condition qu'ils soient pour lui le prix de la sécurité à laquelle il a droit pour son argent. C'est ce qui a fait le succès de tous les plébiscites de l'Empire.

Ceux qui ont voté pour la dynastie impériale ne l'ont pas fait tant pour l'amour du nom de l'Empereur que pour l'attachement qu'ils avaient pour l'ordre de choses établi.

Que demain, Monseigneur, votre famille soit assise sur le trône de France, les sept millions cinq cent mille suffrages acclamant l'Empereur déchu vous acclameront à votre tour.

Qu'aujourd'hui on demande à la France ce qu'elle veut décider, elle décidera, quelle que soit sa répugnance pour le nom de la République, que M. Thiers, souverain avoué et reconnu par elle, devra conserver le pouvoir que l'Assemblée a déposé dans ses mains.

Et ce résultat sera comme toujours dû à ce sentiment universel de la conservation de l'ordre de choses existant.

On a dit bien du mal de la France :
On l'a appelée le foyer des révolutions.
Le peuple serait remuant et emporté vers les sphères du mal.

2.

Il est dévoré d'ambitions et de la soif d'un bien-être matériel à conquérir par tous les moyens, en mettant en œuvre le *fas* et le *nefas* des anciens !

C'est une grave erreur.

Cela n'est vrai que pour une insignifiante fraction de la nation.

On nous calomnie, et nous valons mieux que notre réputation.

Le vote des plébiscites de l'Empire en est l'éclatante confirmation en ce sens que les innombrables voix données à l'empereur, malgré peut-être son indignité, déterminent la quantité exacte des amis de l'ordre et de la paix intérieure. Encore faut-il déduire du nombre des opposants le vote des honnêtes gens, républicains convaincus, ou éclairés sur les vices du gouvernement qui sollicitait une confirmation nouvelle pour y puiser le droit de se livrer à tous les écarts d'une volonté mal inspirée.

En face de ces chiffres imposants, que sont les volontés des fractions révolutionnaires qui donnent raison aux calomnies contre lesquelles nous nous élevons?

Que représentent-elles dans notre pays, sinon ce qui existe dans les autres, ce que quelques-uns appelleront de ce nom ambitieux et ridicule, l'élément subversif? Il se retrouve partout, et ses efforts combinés produisent de temps à autre çà et là, ces soubresauts populaires réprimés par l'ensemble des éléments de l'ordre. Il est semblable à ces foyers intérieurs qui trahissent leur existence par la fumée de l'Etna ou du Vésuve, et ces tremblements de terre qui nous surprennent, de temps à autre, sans ébranler pourtant l'univers par ces convulsions partielles.

Les grandes villes, Paris, Lyon, Londres, Berlin plus tard, sont naturellement les lieux indiqués pour ces ébranlements et en quelque sorte les volcans par où s'échappent la fumée et les flammes des foyers cachés de la révolution.

Est-ce à dire que la France soit un pays révolutionnaire?

Non.

Le mot d'ordre nous vient d'ailleurs, et si quelque pays est spécialement responsable des malheurs qui nous frappent, c'est l'Angleterre, qui favorise les grands ennemis de l'humanité et leur donne un droit d'asile qui les abrite contre la vengeance légitime de la société atta-

quée par eux et mise quelquefois à deux doigts
de sa perte.

Aujourd'hui, Monseigneur, après des se-
cousses dont vous aurez pu vous-même mesurer
la violence, après les malheurs de la guerre
étrangère, imprudemment acceptée, et les malheurs d'une révolution dont les causes seront
sans doute mieux connues, la France se re-
connaît à peine.

Elle se relève, elle n'est pas encore debout.

Sous la main de l'homme qui fut le serviteur
de votre famille, roi sans couronne, elle reprend
ses sens, réunit ses soldats, relève son crédit,
rétablit ses finances et restaure son commerce
anéanti.

Plus que jamais nous avons besoin de l'union
qui fait la force. Rassemblés en faisceau nous
sommes encore, malgré nos revers, un des
peuples les plus puissants du monde.

Désunis nous tombons dans cet abîme où vont
les nations en décadence.

Or, Monseigneur, vous pouvez d'un mot assu-
rer cette harmonie, et ce sera pour vous un
éternel honneur.

Résumant la situation, nous pouvons dire
que, sur les deux partis qui sont en présence,

il en en est un qui est plus disposé aux concessions, plus malléable, si on ne touche pas à la
paix qu'il ambitionnne.

C'est le plus nombreux et par conséquent le
plus puissant en face du suffrage universel.

Mais c'est aussi le plus disséminé, le moins
facile à agglomérer. Il donne tous les jours des
preuves de cette insouciance politique qui fait
la puissance de ses adversaires.

Il habite les campagnes, il vit isolé, tient le
manchon de la charrue, cultive son jardin ou
vaque à ses affaires, songe peu à la question
gouvernementale et si on le laisse en paix et que
ses denrées se vendent bien, il n'en demandera
pas davantage.

L'autre, plus entreprenant, volontaire, dési-
reux de fonder cette république qui serait peut-
être le meilleur gouvernement pour un peuple
sage, a de l'union, de la discipline ; il est into-
lérant pour l'opinion des autres et menace d'une
révolte armée contre la société si elle entend
établir un ordre de choses qui n'ait pas son
adhésion, quelle que soit la manifestation du
suffrage universel en sa faveur. Ses membres
prêchent la liberté, mais leurs actes sont en
désaccord avec leurs paroles. Le suffrage

universel est respectable pour eux à la condition qu'il donne raison à leurs prétentions. S'il manifeste une opinion contraire à la leur, si, par exemple, il apporte une modification de mots à leur régime favori; l'élection d'un roi constitutionnel à la place d'un président, les voilà dans **une exaltation** qui touche à la fureur, les groupes se forment, les critiques s'élèvent, les querelles s'enveniment et l'ordre public est troublé de fond en comble.

Que demain la monarchie soit proclamée en France, et Paris, Lyon, Marseille, Bordeaux même, la ville royale, Rouen se soulèvent et voilà la guerre allumée.

Ce mouvement serait-il passager et facile à réprimer?

Serait-il durable et mortel pour la France?

Nul ne peut le dire.

C'est une chance redoutable à courir.

Mais il dépend de vous de nous l'épargner.

L'héritier de la branche aînée se dit roi de France.

Il veut rentrer à Paris avec l'appareil antique de la royauté de François Ier et de Louis XIV.

Il pose comme condition de son retour l'adoption du drapeau blanc,

Dites-nous, dans un manifeste qui aura plus de retentissement que celui de l'exilé auguste de Froshdorff, que vous n'entendez pas être roi ;

Qu'en rentrant à Paris, vous désirez en être le premier citoyen ;

Que notre drapeau, tout flétri qu'il a pu être par des désastres où tout a été perdu, fors l'honneur, sera le vôtre ;

Qu'enfin, le temps ayant marché, vous avez progressé avec lui.

Et demain la France tout entière acclamera en vous le représentant de la première famille de France.

Vous aurez conquis les droits les plus inviolables à notre affection et à notre respect ;

Le caractère français, qui a ses défauts, a aussi ses qualités, l'enthousiasme et la générosité.

Touchés par cette preuve d'amour donnée à un pays malheureux, et emportés dans un chaleureux élan, comme nos mortels ennemis après la bataille de Sedan, nous nous embrasserons les uns les autres, nous jetterons nos armes en nous écriant : « La guerre est finie. »

Et ce ne sera pas une illusion !

Vous verrez l'étincelle électrique courir du

nord au sud, de Strasbourg à Brest, et jamais
commotion expansive n'aura été plus vive dans
un pays enivré de joie.

Essayez, Monseigneur, et vous verrez si l'évé-
nement vous trompe en nous trompant nous-
mème.

Et d'abord vous trouverez en vous la récompense d'une grande et noble action.

Vous serez acclamé à votre passage par une
population heureuse de votre déclaration, et
votre rôle se trouvera naturellement tracé dans
l'avenir.

Héritier des pouvoirs de M. Thiers, quand sa
main les abandonnera, vous serez la tête de la
France et roi sous un autre nom, non plus de
vos sujets, mais de vos concitoyens ; chef de la
première famille de France, vous dévouant au
bonheur et à la prospérité de votre pays, vous
occuperez en Europe le rang auquel votre nais-
sance vous donne le droit de prétendre.

A l'abri des révolutions, parce qu'elles n'auront plus de prétexte, vous n'aurez à redouter
ni l'exil d'Henri V à Froshdorff, ni la fuite de
Charles X à Cherbourg, ni celle de votre auguste aïeul à Londres, ni la triste décadence de
Napoléon et de sa dynastie.

D'un seul trait de plume, vous rayerez de l'histoire de l'avenir les mots de déchéance pour les rois et de révolution pour les peuples.

Si vous le faites, vous obéirez au plus cher des vœux de la France.

Les dernières élections n'ont pas une autre signification.

Et si plus tard, persuadés par l'expérience que la République est un gouvernement instable et dangereux, les Français, par un sentiment de sympathie pour vous veulent changer votre titre de président en un titre non plus élevé mais plus ancien, au moins la transition se fera sans secousse et sans danger, et vous serez porté au trône par un enthousiasme spontané, soulevé par la preuve d'abnégation que vous aurez donnée à votre patrie.

La France malade encore et sur son lit de douleur veut être traitée avec ménagement ; la moindre émotion populaire peut lui être fatale.

Plus tard, relevée et forte, elle pourra faire connaître nettement et sans périls ses décisions.

Voilà, Monseigneur, ce que dans votre cœur de bon Français vous comprendrez ; ce que vous avez compris déjà, si vos conseillers, bien inspirés et connaissant l'état de nos esprits, ne vous ont pas détourné d'une résolution généreuse et loyale.

Il est plus beau d'être le premier citoyen d'une grande et puissante République, que d'être le roi contesté d'un royaume déchiré par les révolutions.

Et enfin, Monseigneur, le pain de la patrie heureuse est plus doux que le pain de l'exil qui a nourri votre jeunesse, et si vous avez senti des pleurs de joie couler quand vous avez revu les rivages de la France émerger au-dessus des eaux, vous comprendrez le sentiment de respect pour votre famille et d'amour pour mon pays qui m'a dicté ces lignes.

Peut-être tomberont-elles sous vos yeux, c'est le plus grand honneur qui puisse leur être réservé.

III

UN SOUPER DE RIGAULT.

C'était pendant les saturnales
Effroyables dont nous sortons.
La Commune, de ses mains sales,
Inscrivait sur tous les frontons

L'Égalité de la Roquette,
La Fraternité de Mazas,
La Liberté que nous ont faite
Tous nos Satans et nos Judas !

Rogues sur leurs chaises curules,
Assi, Delescluze et Grousset
Vomissaient les lois ridicules
Qu'à Montmartre on applaudissait.
Et Jourde, singulier ministre
D'un ministère sans budget,
Contemplait d'un regard sinistre
Sa bourse où le diable logeait.

Paris était boueux et triste,
Morne et stupide... Glais-Bizoin
Sous les lampadaires de schiste,
Montrait sa face dans un coin,
Et pour flatter la valetaille
Saluait d'un chapeau graisseux
Les monuments et la canaille,
La colonne et les communeux.

Rochefort, toujours prêt à mordre
A belles dents aux fruits maudits,
Attisait avec son *Mot d'Ordre*
Les passions de ces bandits ;

Pyat et le bombyx à lunettes
Maroteau, Vallès en fureur
Embouchaient toutes les trompettes
Du *Cri du Peuple* et du *Vengeur*.

Le Siècle aussi, le bon apôtre,
Avec son fausset aigre-doux,
Prenant le vent, tout comme un autre,
Parfois hurlait avec les loups.
Maintenant que l'heure est venue
Où sont tombés les Dombrowski,
Quand on en jase, il éternue...
Dieu vous bénisse, Cernuschi !

On entendait la canonnade
Dans le lointain, il se dressait
Partout d'affreuses barricades
Que le Gaillard improvisait ;
Et, moins bête que ses séides,
Rossel comptait, sans trahison,
L'heure où ses bataillons sordides
Devraient changer de garnison.

Comble de la honte ! A son aise
Trônait, en ces jours inouïs,
Un singe de quatre-vingt-treize
Dans le palais de saint Louis.

Nul n'osait regarder en face
Ce nain sanglant, au verbe haut,
Préfet ivre, juge cocasse,
Qui s'appelait Raoul Rigault.

Paris à tout pouvoir rebelle,
Trop lâchement fanatisé,
Devant cette idole nouvelle
Se courbait à demi-brisé.
Cependant que ce Dieu fantasque,
Cher au crayon de Pilotell,
Faisait au peuple, en simple masque,
Des grimaces sur son autel !

C'était un soir de mai : Pour de folles orgies
Dans les salles brillaient les feux de cent bougies.
Le vieux palais dans l'ombre était resplendissant,
Et des valets rangeaient, pour cette impure agape,
La vaisselle d'argent sur l'éclatante nappe,
    Comme pour des princes du sang !

Des mets les plus divers la table était couverte,
Nos financiers auraient vanté la sauce verte
Dont un turbot royal y fut accommodé.
Beaucoup de pêle-mêle, — on eut dit un service
Qu'aurait à Charenton rêvé le baron Brisse,
    Par un cauchemar obsédé !

3.

Puis, dès avant souper, rondes comme des grives,
Défilèrent gaiement des païennes, convives
Du maître, pour charmer l'œil de ses compagnons !
Et le tyran avec sa figure farouche,
Furieux, se heurtant à tout ce qui le touche,
    Et ses gardes et ses mignons !

Soyons joyeux, dit-il, à la troupe avinée !
Tout va bien ! nous n'avons pas perdu la journée !
On a fort décemment arrêté, fusillé.
Buvons frais, car demain nous aurons fort à faire !
Il faut épouvanter un parti réfractaire.
    Le peuple est bien mal conseillé !

Nous qui lui prodiguons mieux que les Robespierre
La sainte liberté dont la foule est si fière !
Nous qui le flagornons mieux que ne fit Marat,
Nous le voyons pâlir devant la fusillade !
Il se cache aux sous-sols quand Versaille escalade
    Nos remparts ! Ce peuple est ingrat !

Je le méprise ; il n'a pas de sang dans les veines,
Il est lâche et se plaît aux mascarades vaines ;
Il lui faut des galons pour jouer au soldat,
Pour gagner trente sous il accourt aux parades,
Et cette grande armée, habile aux barricades,
    S'évapore au jour du combat !

La forteresse tombe et la Commune râle !
Nous mourrons, mais du moins comme Sardanapale
J'attacherai la flamme aux lambris du palais !
Je rejette la vie ainsi qu'une besace,
Et je n'attendrai pas que le vainqueur me chasse
    Comme un manant, comme un laquais !

Oui, nous allons périr ! C'est ainsi que la lutte
Devait finir avec les héros de la Butte !
Mais où d'autres que nous auront laissé l'honneur,
J'aurai su conquérir ma place dans l'histoire.
A glacer le bourgeois d'effroi je mets ma gloire,
    Au monde je veux faire horreur.

Je veux accumuler sur ma tête les crimes !
Amis, n'imitons pas ces histrions infimes
Qui montrent leurs habits dorés au boulevard.
Ils ont dans la poitrine une âme mal trempée,
Et de mon Pipelet, en place d'une épée,
    Devraient porter le vieux rifflard !

Songeons à l'Abbaye et Mâzas ! Les Évêques
Peuvent à Notre-Dame ordonner leurs obsèques,
Quoique vivants malgré Bismark et Cluseret !
Moi j'en ris ! et je tiens sur leurs têtes la foudre !
Qui pourrait, en dépit de Rigault, les absoudre ?
    Nul dans Paris ne l'oserait !

Je les ai condamnés! Versez-nous du champagne!
Ces prêtres vont mourir; Chaudey les accompagne.
Lui d'abord : La vengeance est le plaisir des Dieux!
Et je veux me venger pour laisser à la terre,
Lorsque mes os blanchis tomberont en poussière,
    Un nom doublement odieux.

Oui, j'étais né pour être un Néron, un Tibère!
Pourquoi Caligula ne fut-il pas mon père?
Enfants! les vertueux me font rire... Buvons!
Nous allons célébrer ce soir nos lupercales,
Afin d'épouvanter Rome de nos scandales,
    Et demain nous la brûlerons!

—

Puis ce gamin sanglant, Marat de brasserie,
Sous la table glissa. Près de sa seigneurie
Que ne te trouvais-tu, Charlotte de Corday!
Un brigand ainsi fait veut une mort pareille!
Ce fut dit au Palais-de-Justice, la veille
Du jour où le bandit assassina Chaudey!

Chaudey mort sous les coups d'une bête féroce,
Chaudey tombant après une agonie atroce,
Est à plaindre. De cœur j'en suis fort désolé!
Dans l'oblique journal d'autres lisant sa prose,

D'un œil moins affligé regarderont la chose,
Songeant : *Le Siècle* en lui ne l'avait pas volé !

IV

Le vent qui a conduit l'Assemblée à Versailles tourne décidément, et va la ramener à Paris.

Tout le monde s'en applaudit.

Paris réorganisé, Paris pacifié, Paris protégé comme il a le droit de l'être, est la seule ville en France où puisse résider le Gouvernement.

Et les députés?

Combien il y en a qui sont dans l'enchantement de quitter Versailles pour le boulevard des Italiens, et quel ravissement pour eux le jour où ils recevront l'ordre de faire leurs malles.

Qu'ils se hâtent de mériter cette faveur en prolongeant rapidement les pouvoirs de M. Thiers et en nous donnant enfin la stabilité dont nous avons besoin.

Nous ne sommes plus gens à nous attarder à des discours creux et frivoles, nous réclamons des faits et des actes.

Si nous désirons entendre de la musique nous

irons à l'Opéra ou aux Italiens quand ils seront
rouverts.

Elle vaut mieux que celle de la Chambre, —
et elle coûte moins cher.

V

AUX DÉPUTÉS.

Messieurs, votre liste est complète
Ou peu s'en faut... De tous côtés
On vous envoie une brochette
De frais et jeunes députés.

Il en est de toutes les sortes,
Des pacifiques, des mutins !
Ouvrez toutes grandes vos portes,
Courez de grâce à vos scrutins !

Laissez les choses subalternes
A l'écart pour quelques instants,
Allumez toutes vos lanternes
Et cherchez un homme, il est temps !

Ou s'il est trouvé, ce qu'on pense
Communément, vous le savez, —
Qu'un long pouvoir le récompense
Des efforts qui nous ont sauvés.

Les jours d'orage et de colère
Peuvent bien se renouveler;
Donnez-nous un paratonnerre
Qui nous empêche de trembler !

Il convient que cette échéance
N'ait pas l'injure d'un protèt;
Payez votre dette à la France. —
Un gouvernement, s'il vous plaît !

CALIBAN.

Paris. — Imp. Balitout, Questroy et Cᵉ, rue Baillif, 7.